Isaac Herbert

Roberte the Deuyll

A Metrical Romance, from an Ancient Illuminated Manuscript

Isaac Herbert

Roberte the Deuyll
A Metrical Romance, from an Ancient Illuminated Manuscript

ISBN/EAN: 9783744772280

Printed in Europe, USA, Canada, Australia, Japan

Cover: Foto ©Andreas Hilbeck / pixelio.de

More available books at **www.hansebooks.com**

𝕽𝖔𝖇𝖊𝖗𝖙𝖊 𝖙𝖍𝖊 𝕯𝖊𝖚𝖞𝖑𝖑.

A

METRICAL ROMANCE,

FROM AN

Ancient Illuminated Manuſcript.

LONDON:

PRINTED FOR EGERTON, WHITEHALL ;

CLARKE, BOND STREET ;

AND G. BARRETT, 289, HOLBORN.

1798.

ADVERTISEMENT.

THIS MS of "𝕽𝖔𝖇𝖊𝖗𝖙𝖊 𝖙𝖍𝖊 𝕯𝖊𝖚𝖕𝖑𝖑," appears to have been tranfcribed word for word, from an edition in quarto, printed either by *Wynken de Worde* or *Pynfon*, of which I have feen a fragment confifting of fix leaves ; thefe have been collated with the MS to which is prefixed this no

"No mention is made of this edition in "Mr. Herbert's Typographical Antiquities. "Nor have I ever feen a complete copy or "heard of one : it is probable that the im- "preffion was deftroyed in the Fire of Lon- "don. There are no cuts in the fragment.

"The

"The Drawings in the MS seem to be of
" the time of Elizabeth or James I.

" The MS. was formerly in the possession
of Mr. Ratcliffe."

Mr. Herbert has, in p. 228 and 229 given
the contents of the several chapters, *as it
seems a curiosity*, from an edition by W. de
Worde, extant among Bp. More's books, in
the Public Library, Cambridge, (D. 5. 2.)
in prose, coinciding exactly in matter with
this, and finishing

" Thus endeth the Life of Robert the Devil,
   " That was the Servant of our Lord,
" And of conscience that was full evil :
   " Imprinted in London by Wynkyn the Worde."

In Bibl. Rawlinsoniana No. 881, 22 Jan.
1727-8, is " *The Famous Historical Life of*
" *Robert* II. *Duke of Normandy, surnamed*
                                    " *for*

" *for his monſtrous birth and behaviour,* 𝕽𝖔𝖇𝖎𝖓
" 𝖙𝖍𝖊 𝕯𝖎𝖛𝖊𝖑𝖑, *4to. London* 1599."

Robert II, the ſixth Duke of Norman-
dy was the ſon of Richard III, fifth Duke
of Normandy, and father of William ſur-
named the Conqueror ; ſee the genealogi-
cal tables, as mentioned in Typog. Antiq.
p. 978, note t. and A. Mundy's Brief Chro-
nicle of the Succeſs of Times, p. 343.

Mr. Warton in his Hiſt. of Engliſh Poetry,
vol. I. p. 189, note n, ſays there is an old
French proſe Romance, 𝕽𝖔𝖇𝖊𝖗𝖙 𝖑𝖊 𝕯𝖎𝖆𝖇𝖑𝖊,
firſt printed in 1496, often quoted by Car-
pentier ; and a French Morality in MS.
" *Comment il fut enjoient a Robert le Diable,*
" *fils du Duc de Normandie, pour ſes Mesfaits,*
" *de faire le fol ſans parler & depuis N. S. eut*
" *merci de lui*" Beauchamp Recherches Th.
Fr. p. 109. Another Romance in French

on

6n this fubject is in vol. I. of the *Bibliothé-que Bleue*, 3 vol. 12mo. *Liege*, 1787. Thefe are probably the fame Robert.

An old Englifh Morality *on this tale* un-der the title of Robert Cicyll, was repre-fented at the High Crofs in Chefter in 1529. A MS of which poem on vellum, is men-tioned alfo by Mr. Warton to exift in Tri-nity College Library, MSS No. lvii. fol. But doubt if the Oxford MS has any connec-tion with or refemblance to, The Story of " 𝕽𝖔𝖇𝖊𝖗𝖙𝖊 𝖙𝖍𝖊 𝕯𝖊𝖚𝖕𝖑𝖑."

I. Herbert.

LONDON,
1ſt Sept. 1797.

THE

THE

LYFE

OF

𝕽oberte the 𝕯euyll.

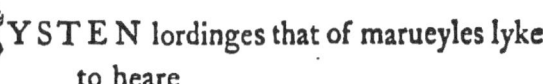

YSTEN lordinges that of marueyles lyke
   to heare
Of actes that were done fometyme in dede
By oure elders that before vs were
How fome in myfchieffe their lyfe dyd leade
And in this boke may ye fe yf that ye will rede
Of one Robert the deuyll, borne in Normandye
That was as uengeable a man as myght treade
On goddes grounde for he delyted all in tyranye.
     ·A   A Duke

A Duke fometyme in Normandye there was
Full uertuous and deuoute in all hys lyuynge
And in almofe dedes, he yede in the waye of grace
Of knyghtlye maners, and manfull in iuftynge
A Lordlye parfone, alfo courtes in euery thynge
Hys dwellynge was at Nauerne vpon fayne
At Chryftmas to honoure that holy tyme
Open houfholde he kepte, and to pleafe God was
                                         ▸ [fayne.

A feafte he helde vpon a certayne daye
Lordes come thyther of greate renowne
And as they fate at dyner a knyght gan faye .
Vnto the Duke, and on hys knees kneled downe
My lorde he fayd ye be owner of many a towne
Yet haue ye no lady, nor none heyre
After your dayes to reioyce youre grounde
Therfore gett youe a princes that ys yonge and fayre.

Wyueles longe faid the duke haue I taryed
And lyued fole withoute any mate
I fe well yt ys youre wyll that I fhoulde be maryed
But yet woulde I have one to myne eftate
Accordynge, for and I fhoulde take
A Lady of nobler bloude than I am
Or elfe of lower degre, foone fhoulde I forfake
Myne owne worfhip, and lyue lyke no man.

                                                 Yf

Yf I fhoulde nowe wedde, and after repent
And lyue in forowe and greate langoure
Than myght I faye that fortune had me fent
A chaunce mysfortunate, dyftaynynge the floure
Of noble fame that fhoulde encreafe myne honoure
Wherfore lordes all, accordinge to prudence—
A forefight fayeth Salomon ys worthe treafoure
Yet be we ruled by fortune a Lady of excellence.

Than fayde to the Duke a Baron right bolde
My lorde I befeke youre grace of audyence
The Duke bade hym than faye what he woulde
In Burgonye fayd the Baron ys a ladye of reverence
Daughter to the Earle, yf yt pleafe youre magnyfi-
Her for to take, there wyll no man faye naye [cence
Than to hys wordes the Duke gave credence
And fayde I knowe well the Earles doughter that lady
[gaye

In proceffe that lady to the Duke was maryed
A feafte was made of greate folempnytye
And twelve yeares together they taryed
In wealth and greate profperytye
Goddes lawe they kepte and lyued vertuouflye
Yet chylde together had they none
They prayed to god with heart deuoutlye
Yf yt pleafed hym for to fende them one.

A 2   Euer

Euer they prayed, but yt woulde not be
In twelve yeare, chylde had they none
Good dedes they dyd, and gaue almofe plentye
Alacke faid thys Ladye, fhall I lyue alone
Ofte fhe fyghed and made greate mone
That no chylde on her body woulde fprynge
The good Duke alfo euer dyd grone
And fayed good Jefu yet heare my cryenge

Lorde fende me a chylde the worlde to multyplye
The Duke fayde, yf it be thy wyll
My wyfe foroweth in her partye
I feare that fhe wyll her felfe fpyll
Nothinge to the lorde that ys vnpoffyble
Nowe heare my prayer for loue of thy mother
Sende me a chylde my petycion to fullfyll
For to be myrry I defyre none other.

And on a tyme the Duke and Duches walked
In a garden by them felfe alone
Eche of them complayned and to other talked
Howe they could have no chylde, and made much
Full greate, and faide joy have we none   [mone;
I curfe them faide the Duke that made the maryage
For I had leuer to have lyued ftyll alone
Chylde have I none, to reioyce myne herytage.

And

And faid yf I had be maryed to another ladye
I knowe that I fhould have had chyldren ynowe
The Duches aunfwered as for her partye
Yf I had chaunged, verylye I trowe   [youe
That chyldern I fhoulde haue had; none haue I by
Let vs thanke god of that he doth vs fende
For I belaue and do verelye trowe
That all oure forowe he may yt amende.

So on a morowe the Duke went on huntynge
Hys hearte was fullfylled all with thought
In hys mynde chydde, and agayne god grudgynge
He fighed fore inwordlye and ofte
If he myght haue dyed, nothynge he rought
And fayde god loueth not me, all in dyfpayre
Many women haue chyldren : but myne nought
Alas I trowe I fhall haue none to be myne heyre.

The fende tempted foore the Duke tho
That he wyft not what to do nor faye
He left huntynge and homewarde he dyd go
And in to hys chaumber he toke the waye
So there the Duches at the fame tyme laye
In as greate trouble as her hufbande was
And to her lorde faide no chylde I beare maye
I am vnhappye, and therewith fayde alas.

                                                    He

He toke her in hys armes and her kyſte
And of that Lady he had all hys pleaſure
And ſo begate a chylde; and yt not wyſte
The Duke to oure Lorde made hys prayer
For to ſende hym a chylde for to gladde hys chere
The ladye ſaide the Deuyll nowe ſende vs one
For god wyll not oure petycion heare
Therfore I trowe power hath he none

She ſayde yf I be conceyued thys houre nowe
I geve yt to the deuyll both ſoule and bodye
Lo thys lady was nere folyſshe I trowe
And fullfylled with greate obſtynacye
Her owne ſoule there ſhe put in greate ieopardye
For that houre ſhe dyd conceyve with a man chylde
That whan he was borne lyued myſcheuouſlye
In thefte and murder lyke a tyraunte wylde

The tyme drewe ſo that nyne monethes was paſt
Than her tyme drewe on verye nye
At the houre of byrth ſhe laboured faſt
More than a moneth the boke doth ſpecyfye
She had many throwes, with many a pytheous crye
Ladyes prayed for her, and gaue almeſe dede
They trowed verelye that ſhe ſhoulde dye
With that our ladye wolde her helpe and ſpede.

And

And aſſone as Robert the deuyll was borne
The ſkyes waxed blacke that yt was wonder
And ſodenlye there began a full greate ſtorme
Rayne lyghtenynge with horrible thonder
They feared that the houſe woulde ryue a ſonder
Then blewe the wynde with greate power
That they wende the dome had he comen there
For downe wente wyndowes and euery doore.

Halfe the houſe the deuyll pulled downe
Yet at the laſt the wether waxed cleare
So for dreade thys lady laye in a ſowne
That greate wetherynge ſhe dyd ſore feare;
Her gentlewomen bade her be of good chere
They told her that the wather was gone and paſt
Then to the churche the chylde they dyd beare
And chryſtened yt Robert at the laſt.

He was as bygge the ſame daye
As ſome chylde of twelue monethes olde
When they came from Churche he cryed all the
That yt made many hym to beholde   [waye
Men ſade the chylde loked very bolde
Hys teeth grewe faſt when that he ſhoulde ſoucke
The noryſhe nypples ſo harde byte he woulde
That yt went then to her verye hearte roote.
                                    There

There durſt no woman geue hym ſucke in faye
For hys teeth grewe ſo peryllouſlye
That the noryſshe nypples he bote a waye
But than they woulde no more byde the ieopardye
So with an horne he was fedde trewlye
At the years ende he could bothe go and ſpeake
The elder he waxed, the more vnhappye
Shrewdenes he woulde do bothe in houſe and ſtreate

Hurte woulde he do to woman and man
Vngracious was he daye and nyght
Yf he amonge any chyldren came
He woulde them hurte bothe ſcratche and byte
Caſte ſtones at theyr heades and fyght
Breake their ſhynnes and put ſome eyes oute
Lordes and ladyes of hym had greate delyght
And wende yt had ben but wantonnes with oute
                                              [doute.
Mennes chyldren there he dyd muche harme
Of them he hurte ſhrewdelye many a one
Breake bothe legge headde and arme
Therefore he was beloued of none
Hys companye chyldren forſoke euerychone
They dyd flee fro hym as the deuyll fro holy water
We wyll not haue hym amonge vs to come
They ſayd and he never do; we be the gladder.
                                              For

For and the chyldern had feen hym come
In to the ftreate there for to playe
They woulde take theyr legges, and away runne
To theyr fathers as fafte as they maye
Roberte the Deuyll dothe come they woulde faye
For younge chyldren gave hym that name
The chyldren hydde them in corners euery daye
And to runne from hym they woulde leaue their game.

And whan that he was aboute feuen yeare of aege
Hys father fette hym to fcole in dede
With a dyfcrete man and a fage
And prayed hys fonne that he woulde fpede
For to learne bothe to wryte and reade
And to Roberte the Deuyll hys father fayde
Sonne, yf thy lyfe in vertue thoue leade
Than wyll I with the be right well a payed.

Roberte the Deuyll wente to fcole a lytell fpace
·And euer he thought yt to longe ywys
He learned fo that he was paft all grace
Yt happened at the laft he dyd amyffe
Hys mafter fayde Syr youe mufte amende thys
Or elles forfothe ye fhalbe beate
He fayde yf thou fmyte me I wyll make the wyfshe
That thou thyne owne flefhe rather had eate.

        B   Naye

Naye fayde hys mafter ye be to bolde
And toke a rodde for to chafte hym foone,
So to beate hym he fayde that he woulde
Roberte fawe what he purpofed to done
And fayde ye were better lette me a lone
For with a dagger he thruft hym in to the bellye
That the bloude ran downe in to hys fhone
So Slewe hys mafter, and let hym deade lye.

Whan Robert the Deuyll fawe hys mafter fall
He fayde he woulde go to fcole no more
Hys boke he threwe agaynfte the wall
The deuyll have the whyt that he was forye therfore
Alacke he made hys fathers hearte foore
When that he hys mafter had flayne
The Duches curfed the houre that he was bore
She fayde of hys companye no man vs fayne.

After that there woulde no pryft hym teache
He folowed uice, he woulde be ruled by none
And mocke pryftes whan they fhoulde preache
For and he into the churche had gone
He would fkorne the clearkes euerychone
And when they fonge, come them behynde
So threwe duft in theyr mowthes by one and one
And fome in theyr eyes to make them blynde.

Yf

Yf he fawe any men or women deuoutlye knele
For to ferue God with theyr prayer, or ftande
Pryuelye behynde them woulde he fteale
And geue them a fowce with hys hande
To caufe fome to yell out theyr tongues longe
Or els he woulde make theyr heades go to grounde
Theyr neckes he hurte fore he was fo ftronge
And many olde folkes he caufed to founde.

Yt was vnpoffible for a clarke to write
The dedes he dyd that weare full vengeable
Then gentlemen that weare fadde and dyfcrete
Complayned to hys father withoute fable
The Duke fayde, to chafte hym I am not able
Than Robert was brought before hym
He fayde: Sonne, thy dedes ben reproueable
Thou fhameft me and all thy hole kynne.

Thow doeft all thynge that dyfpleafeth god
Thy fcolemafter thou fleweft with a knyfe
Becaufe that he woulde haue beate the with a rodde
To the pryftes in churche thou doeft much greyfe
Full ofte I wyfhe me oute of my lyfe
For thou of thy dedes arte fo houge and perylloufe
That chyldren younge bothe mayde and wyfe
Whych dothe the knowe geueth the theyr curfe.

All one with hym, in at the one eare and out at
He was neuer the better daye nor nyght [the other
Hys olde laye kept, he woulde do none other
He was neuer glad but when he dyd fyght
To fwere and lye, theryn he had greate delyght
At laft hys mother to her lorde fpake
And fayd yt were beft to make hym a knyght
Thys noble ordre let Robert the deuyll take.

For I truft then he wyll amende
Whan he that greate othe doth heare
Yt wyll make hym forye for that he dyd offende
And the workes of god hereafter for to leare
The Duke confented euen ryght there
And afked Robert yf he woulde lyue vnder awe
Of god, and the order of knight-hode beare
He aunfwered I fett not thereby a ftrawe.

At the laft Robert was made a knyght
Hys father bade hym take hede of hys othe
To dyftroye wronge and to maynteyne right
And do trewe juftyce for leefe or for lothe
For a knyght that in cheualrye goethe
Euer agaynft vice he mufte fyght
And fupporte trewe maydens, and he fo dothe
He ys an inherytoure of heauen, goddes own knyght.

                                                Robert

Robert aunfwered, father at youre commandement
I wyll thys greate order vpon me take
But for to chaunge all myne entent
As for my manners I wyll not forfake
All men fhall not ones me make
For to leaue my cuftomes olde
I will contynewe and neuer wyll flake
Thoughe I therfore my lyfe lofe fhoulde.

The Duke caufed a greate iuftynge to bc
Lordes came fro many a farre lande .
And Ladyes alfo that runnynge to fee
He that fhoulde be mofte doughtye of hande
There was many a knyght full ftronge
That thought theyr clothes of full greate pryce
Yet a gayne Roberte there myght none ftande
As for worfhip by hym woulde none ryfe.

A fyelde was ordeyned bothe brode and wyde
With lyftes fayre where they fhoulde runne
Tentes were pyght on euery fyde
Greate was the people that thether come
The daye was fayre, hote fhone the fonne   [crye
Greate trumpets blewe, the herauldes made theyr
That euery knyght hys deuoune fhoulde done
For to proue who was mofte myghtye.

                                        Knightes

Knightes then dreſſed them to the fyelde
In Syluer armoure fayre and bright
Barons doughtye with ſpeare and ſhylde   [lyght
With helmes and haubreks that all the fyelde dyd
Stedes in trappoure the was a goodlye ſyght
Speare heades that a ſtronge cote woulde ſaylle
Clothe of golde in harnes curyouſlye pyght
Worne of haburgin many a ſtronge maylo.

Robert the deuyll came in as meke as a Lyon
In hys fyſte he had a greate ſpeare
Of ſure wodde both toughe and longe
Hys loke ſo grymme many men dyd feare
Alſo that houghe ſtaffe that he dyd beare
Was almoſt as bygge as ſome twayne.
Vnoccupyed ſaide Robert why ſtande we here
For to leaue all worke he woulde full fayne.

The Duke bade them all to begynne
A fayre knyght then ſentred hys ſpeare
In fayth ſayde Robert I wyll runne to hym
And lyghtly turned hys greate ſtede theare
Eche agayne other ſpeares dyd beare
Thoſe courſers dyd runne, they ſmote in the fyelde
Hartye were bothe, nought dyd they feare
That knyght ſmote Robert ſore in the ſhyelde.

                                        That

That the ſtroke made Robert right wrothe
To hym he thought for to ryde agayne
He ſentred hys ſpeare, and forthe he gothe
With hys ſhyelde Robert mette playne
And ſtroke ſo ſoore that he ſmote it euen in twayne
And throughe the knightes ſhulder the ſpeare dyd
I trowe therof Robert was fayne   [runne
And aſked yf any more woulde come.

Another knyght thought Robert to aſſaylle
So yode they together with greate raundone
Loth were they bothe for to fayle
And haſtelye theyr ſtedes ſtrongelye dyd runne
So ſwyfte with ſtrenght Robert dyd come
That hys ſpeare ran thorowe the knyghtes bodye
And to the earthe dead fell he downe
All men wondred of Robert trewlye.

The thyrde knyght to the grounde he ſmote
And brake hys horſe backe aſonder
There was none that myght ſtande a ſtroke
Of hym that daye, nowe the people dyd wonder
To ſe that all knyghtes to hym were vnder
For ſo ſoore Robert dyd them aſſayle   [thonder
A man had ben as good to haue be ſmytten with
As to haue a ſtroke of hys hand without fayle.

                                              Thre

Thre noble Barons he flewe there that daye
He fared as he had ben a fyende of hell
All was in earnefte, and not in playe
Fro theyr horfes many knyghtes he fell
And brake theyr armes as the bokes do tell
For he threwe fo grefelye and foore
That they knewe nother wo nor well
On ftedes myght they ryde never more.

All that he mette, he them downe threwe
Yonge nor olde he fpared none
For pittye had he no more than a Jue
That daye he hurte there many a one
And lyke a boore at the mouth he dyd fome
He fought and ftroke all while that he was able
In peace he woulde not haue them to ftande alone
He loued murderers that were euer Vengeable.

To kill and Slea was all hys delyght
Tenne noble ftedes backes he dyd bruft
When that he at theyr mafters dyd fmyte
Or with hys fpeare at them dyd thruft
To fight euer more and more he had luft
For all hys pleafure was in deathe fett
And euer he cryed who wyll more iufte
The deuyll was in hym no man myght hym lette.

And

And whan hys father fawe howe in vengeaunce
He was fett, and woulde no fad wayes take
In hys thought he toke greate greuance
And bade that all the knyghtes fhoulde departe
Eche theyr waye, and no more juftes to make
Than Robert woulde not obey the commaundement
Of hys father, but fayd forowe fhoulde awake
For then in myfcheif he fett all hys ententte.

He woulde not go fro the battaylle
But hue and flewe on euery fyde
The ftronge knightes there he dyd affaylle
All the people fledde, they durft not abyde
The knyghtes all awaye dyde tyde
With lordes and Ladyes euerychone
Robert loughe whan he that fpyed
Than thought he I will no more go home.

Than Robert rode into the countrey
And robbed and kylled many a one
Maydens and wyues he rauyfhed pytteouflye
He pulled downe abbeys and houfes of ftone
For all the Churches that he dyd by come
Thorowe that countrey of Normandye
By hys wyll there fhoulde ftande none
For all hys pleafure was in murder and robberye.

.C   He

He brente houfes and flewe yonge chyldren
Death vpon death was all hys lyfe
The countrey complayned to hys father
Howe theyr feruantes were flayne with Robertes
Some fayde he hathe rauyfhed my wyfe　　[knyfe
And by oure doughters he hathe layne
They prayed the Duke to ftynte that ftryfe
Or to flee that lande they would full fayne.

The Duke wepte and fayde alas
That euer I hym begate on woman
My prayer vnto Jefu euer was
For to fende me a chylde for I had none
And nowe gode hath fente me one
That maketh me full heauy and fad
The Duches wayled and made great mone
That from her mynde fhe was nye madde.

The Duke made hys feruantes to ryde
To feke Robert in Cyttie and in towne
Good watche was layde on euery fyde
On holte and heath in fyelde and towne
And in euery place that they dyd come
The countrey Robert dyd curfe and blame
And prayed that he myght haue an yll death foone
For he the ordre of knyghthode dothe fhame.

　　　　　　　　　　　　　　With

With Robert at the laſt theſe men mette
They ſayde that he ſhoulde with them them goo
All aboute Robert ſhortlye they ſette
One aſked hym what he woulde doo
Wylt thou go with vs, he ſayde noo
And drewe hys ſworde and with them dyd fyght
Full greate woundes he gaue one or twoo
And all the reſydue he put to flyght.

And all that he toke he put theyr eyes oute
So bade them go ſeeke theyr way home
And ſerued them all ſo withoute doute
Theſe poore men they made greate mone
So Robert departed and lefte them alone
And ſayde tell my father that yt ys for hys ſake
Then theſe men in tyme to the courte came home
And ſhewed what maſtryes Robert dyd make.

Thys good Duke in hearte was right wo
When he ſawe hys mennes eyes oute
Fore angre he wyſt not what to do
But commaunded all the courte aboute
Counſtables and bayllifes with all theyr route
All men to take hym who ſo maye
And in pryſon to put hym without doute
He charged all men good watche to laye.

So

So when Robert knewe of thys warke
He gathered a great companye theues yll
He gate hym into a forreſt full darke
Where yt was farre from boroughe or hyll
There he lyued and all dyd he kyll
That he myght ſe in the heath ſo playne
Corne and fruites all dyd he ſpyll
In doynge myſcheif allwaye was he fayne.

Yt was hys pleaſure to eate fleſhe on the frydaye
A dogge dyd faſte as well as he
Poore pylgrymes he kylled goynge by the waye
And holy hermytes that lyued deuoutlye
So on a daye he roſe vppe earlye
And in the forreſt ſeuen hermytes he founde
Before a croſſe knelynge on theyr knee
Of theyr prayers to heauen wente the ſownde.

What holy whoreſones he ſayde be youe
That gapeth vpwardes after the moone
If ye be a thruſt ye ſhall drynke nowe
And oute he drewe hys ſwearde full ſoone
The hermytes wyſt no what to done
But ſuffered death for Jeſus ſake   [runne
So throughe one of theyr bodyes hys ſworde dyd
For feare all the other dyd tremble and quake.

Than

Than he ſtrake of theyr heades all
And reioyſed at that perylloufe dede
In ſcorne he ſayde, ſyrs do youe fall
Patter and praye ye in youre crede.
Full faſte theſe holy men dyd blede
That Robertes clothes were readde as vermulon
With hys ſworde he thought further to ſpede
In vengeaunce he rought not where he become.

Lo thys caytiffe was blynde and myght not ſee
The cloudes had in clypped the Sunne of grace
Lyke to an apple that the core doſt putryfie
The darke myſtes of uice ſmote hym in the face
He was none of the ſhepe of Iſrael but the kyd of
He exyled pittye as dyd cruel Kynge Pharao [golyas
Heaped full of ſynne, as euer he was
That ſlewe hys own mother, men called hym Nero.

Then he lefte theſe ſeuen hermytes deadde
And rode oute of the wodde lyke a wylde dragon
So lyke a bore he threwe vp hys headde
The bloude of the hermytes couered all hys gowne
A ſhepherde he ſawe and rode to hym ſoone
But whan the herdes man dyd hym eſpye
Yt was no hede to bydde hym begone
He ranne hys waye then for feare dyd he crye.

At

At the lafte he the fhepherde ouertoke in faye
And afked what tydynges that he woulde tell
The fhepherd agayne to hym dyd faye   [hel]
I was of youe afrayde I wende ye had come oute of
And as for tydynges, here ys darkenes caftell
There lyeth the Duches of Normandye
With many a lorde of her counfell
Of all thys greate lande the royalltye.

So Robert came to the towne there the caftell
The people fawe one ryde as he had ben madde   [ftode
With a fworde in hande, and all arayed in bloude
To runne in to houfe euery man was gladde
At the laft Robert began to waxe fadde
And fayde alas that euer he was borne
In murder and myfchief my lyfe haue I ladde
Hys heere of hys heade he thought to haue torne.

Than he was a bafhed foore in hys mode
Whan that the people woulde hym not abyde
What yt mente than he vnderftode
Euery body them felfe from hym dyd hyde
Than to the Caftle gate Robert dyd ryde
Ayd fayne with fome body he woulde fpeake
But whan any man hym efpyede
They ranne awaye as they dyd in the ftreate.

Than

Than with a heauy hearte downe dyd he lyght
And went ftreyght into the Caftell hall
But when the people of hym had a fight
None durft hym byde there at all
Many for helpe dyd crye and calle
Hys mother fawe hym as fhe fate at meate
For feare fhe beganne to fall
And hafted her awaye for to gette.

And when he fawe hys mother goynge
He fayde alas Lady mother fpeake with me
Hys hearte for forowe braft in weepynge
Whan he fawe her from hym fo flee
And fayde to hys mother full pitteouflye
Lady tell me howe that I was borne
That I haue ledde my lyfe fo mifcheuouflye
In the tempefts of uice with many a greate ftorme.

Hys mother all unto hym tolde
Howe fhe gave hym to the fende both foule and bodye
And he afked her howe fhe durfte be fo bolde
To gyue hym from god allmightye
I knowe he fayd that I haue lyued fynfullye
As euer dyd the emperoure greate Nero
Amende I wyll and for mercye crye
My dedes will I bewaylle wherfoeuer I go.

Hys

Hys mother prayed hym to fmyte of her headde
For the trefpace fhe fayde, that I dyd to thee
I am worthye therefore for to be deadde
To god I offended alfo in obftynacye
Slea me fhe fayde, and I forgiue yt thee,
He fayde, Mother I wyll not do fo
I had leuer be beaten full bytterlye
And on my feate to the worldes ende to go.

Than for woo Robert fell to the grounde
And a greate whyle there he fo laye
There fodenlye he rofe in that ftounde
And faide Mother nowe I go my waye
To Rome wyll I hye as faft as I maye
And prayed her to commende hym to hys father dere
So he defyred them all for hym to praye
And went forth with a full pytteous chere.

So fhortly Robert toke hys horfe and rode
Streyght vnto the forreft to hys companye
Than the Duches that in the Caftle abode
Shryked full fore with a full pytteous crye
And faide alas lorde to fynfull am I
All women beware, curfe neuer your chylde
And yf that ye do, then be youe in jeopardye
Alfo in myfcheyff they fhalbe defyelde.

Wyth

Wyth that the Duke came into the chaumber
And aſked her why ſhe dyd wepe and wayle
She ſayde Robert youre ſonne hath ben here [fayle
And ſhewed how that he wolde to Rome without
Ah, ſayde the Duke, I feare ẏt wẏll lyttell auayle
He is not able to make reſtytucyon
Alacke ſayd the Duke yet am I gladde ſauns fayle
That he ys wyllynge to make hys confeſſion.

Nowe ys Robert come to the forreſt agayne
And founde hys men all at dyner ſyttynge
To coñuerte them to goodnes he would full fayne
And ſayde my felowes, with pytteous lamentynge,
Let vs remember oure ſynfull lẏuynge
And aſke god mercy with greate repentaunce
Yf we leade thys lyfe ſtyll, yt will vs brynge
To hell withoute ende, with horrible vengeaunce.

Let vs remember he ſaide our ſynfull lyfe
We haue murdered people full cruellye
Rauyſhed maydens and many a wyfe
Slayne pryſtes and hermytes full pytteouſlye
And abbeys haue ben dyſtroyed through our robberẏ
With Nunnes, Ankers, take yt in remembraunce
Howe we put them in ieopardie
Wherfore I dreade hell, with horrible vengeaunce.

D   Houſes

Houſes we haue brentte many a one
And ſpylte of chyldren much precyous bloude
Compaſſion there, nor pyttye had we none
In myſcheyff we delyted, and neuer in good
And nowe let vs remember hym that dyed on the rode
That from vs yet hath kept hys ſworde by ſufferaunce
For and we nowe in deathes daunce ſtode
To hell ſhoulde we go, with horrible vengeaunce.

One ſayde Robert, what be youe there
And ſtode up and began hym to ſkorne
Wilt youe ſee fellowes : the fox wylbe an anker
What maſter, ye be as wyſe as a ſhepe newe ſhorne
I trowe youre buttocke be prycked with a thorne
For your wytt ys oute of temperaunce
I woulde not haue thys tearme aboute borne
That we ſhoulde to hell go with horrible venge-
[aunce.

Another theſe ſaide maſter Roberte, harke
To preache to vs yt ys all in vayne
And what I ſaye, I praye you yt marke
Thys lyfe wyll we leade in wordes playne
Euer yet in theſe workes we haue be fayne
For our ſynne we entende not to do pennaunce
We wyll not forſake thoughe ye ſtryue vs agayne
To hell woulde we rather go with horrible vengeaunce.

Than

Than Roberte fawe that they woulde not amende
But in myfcheyf there to lyue ftyll
And to the poore men they wyll ofte offende
Thus then he confpyred in hys wyll
One after another for to kyll
To make fhort he kylled them euerychone
He fayde ye haue be readye euer to do euyll
Therfore alyue wyll I not leaue one.

He tolde them a good feruaunte muft haue good
Nowe do I paye youe after your deferuynge [wages
There dead in the floore all theyr bodyes fprayles
Robert fhutt the doore and they laye within
And fayde of myfcheyf this ys the endynge
So he thought to fett the houfe on fyre
But he dyd not, he yede a waye fighynge
And fayd alas I haue payde my men theyr hyre.

Than Robert toke hys horfe and bleffed hym
So throughe the forreft he toke the waye
Ouer hylles and downes faft rydynge
Thus rode he ftyll all a longe daye
And ofte for fynne he cryed well awaye
Than of an abbaye he had a fight
Whiche ofte he had robbed in good faye
Alas faide Robert there will I lodge to nyght.

For faulte of meate then he hongred fore
And fayde to eate fayne I wolde haue fome
Alacke nowe that euer I was bore
And when the monkes dyd fe hym come
Eche man hys waye faft dyd ronne
And faide here cometh the furyous ferpent
Roberte, which ys I trowe a deuylls fonne
That in murmer and myfcheif hath a greate talent.

Than forthe he rode to the churche dore
And difcended from his horfe right there
So he kneled downe in the floore
And to oure lorde god he made hys prayer
Sayinge, fwete Jefu that bought me dere
Haue mercy on me for that precyous bloude.
That ran from your hearte with longis fpeare
Which ftonge youe in the fide hangynge on the roode.

Then vp he rofe and went to the Abbot
And fayde to hym with pitteoufe lamentynge
I haue bene fo fymple father, that ye well wot
That nowe I feare the fworde that ys lyghtly comynge
Of our lordes vengeaunce for my falfe lyuynge
And of all that I haue offended vnto youe
Forgeue me for hys loue that was hangynge [bowe.
Seuen houres on the croffe and there hys head dyd
        And

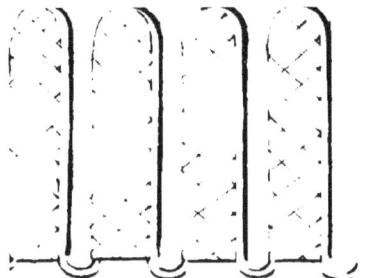

And when they hearde hym pitteouſlye complayne
And in hys harde hearte toke repentaunce
The monckes all thereof were ſayne
So there he tolde them all in ſubſtaunce
Howe he was in wyllynge to ſuffer pennaunce
And to Rome to take hys Journeye
So there he called to hys remembraunce
Of hys lodge and therof toke the abbot the keye.

Thys keye to the Abbot there he toke
And tolde hym that he ſhoulde haue all the treaſure
In the theues lodge yf that he woulde loke
That he had robbed ſynce the fyrſt houre
And ſaide my meynye lyen dead in the floore
The Abbot he prayed to geue hys father the keye
For I wyll not ſlepe one night where I do another
Tyll I in Rome with the pope ſpeke maye.

And praye my father to make reſtytucyon
For me to all them that I dyd offende
I crye hym mercy alſo I am hys ſonne
Hym for to myſcheif alſo I dyd entende
But what thoughe, nowe I truſt to amende
There Robert toke hys leaue of all the hole couent
Hys horſe and hys ſworde he to hys father ſende
And ſo departed and on hys feete forthe wentte.

Than

Than rode the Abbot to the Duke of Normandye
And fhewed of Robert all that was befall
There he delyuered vp the keye
And of hys entente he fheowid the Duke all
Then he hys men before hym dyd call
And fayde I wyll ryde and reftore the goodes agayne
And euery man hys owne haue fhall
Then were the Dukes feruauntes all fayne.

Nowe Robert walked ouer dale and hyll
By holte and heath, many a wery waye
He laboured night and daye euer ftyll
At the laft he came to Rome on Sherethurfdaye
All nyght poorely in the ftreate he laye
And on the good frydaye to churche he went tywis
Towardes the quyere and nothynge dyd faye
For that daye the Pope fayed all the feruyce.

The Popes feruauntes bade hym go backe
They fmote Robert and thruft hym afyde
Tho to hym felf he fayde, oute alacke
Yet he thought boldlyer for to abyde
Where people were thynneft there he efpyed
So preft amonge them tyll he came to the pope
And fell downe to hys fete and loude there he cryed
As rayne the teares fell fro hys eyes god wotte.

The

The popes feruauntes would haue pulled hym afyde
Oure holy father, yet aunfwered naye
Medle not with hym, lett hym abdyde
That I maye here what he dothe faye ;
Robert aunfwered I am here thys daye
The fynfulleft lyuer that euer was founde
Synce Adam was made in Canaan of claye
I am the greateft fynner that lyued on grounde.

The pope fayde what art thou good frende
And whye makeft thoue thys lamentacon
Oh good father faide Robert to god I haue offended
I defyre youe to heare my confeffion
Of my greate fynnes the abhomynacon
On them to mufe yt ys vnnumerable
Vice and I refted all waye in one habytacion
With murder and euery vnthryftye culpable.

Art thou Robert the deuyll fayde the pope than
That ys the worft creature of all the worlde yll
Yee yee fyr fayde Robert I am the fame man
Greate myfcheyf haue I do, and muche yll
As to robbe and flea, both burne and kyll
The pope fayd, here in goddes name I thee warne
By uertue of hys paffion ftande here ftyll
Do to me nor my men no maner of harme.

                                        Naye

Naye naye fayde Robert, neuer chryften man
Wyll I hurte by night nor daye
The pope toke hym by the hande than
And bade hym hys confeffion to hym faye
Thereto Robert woulde not faye naye
But all hys fynnes confeffed and tolde
The pope whan he hym hearde dyd quake for fraye,
For to heare hys fynnes hys hearte waxed nye colde.

And tolde howe hys mother gaue hym to the feende
In the houre of hys fyrft contemplacyon   [of hell
The pope fayd Robert I thee tell
Thou muft go to an hermyte three miles withoute the
Robert fayde with good will thys fhalbe done [towne
Then wente he to the popes gooftlye father
The pope commaunded hym fo to done
That the hermyte might hys confeffion heare.

In the mornynge Robert walked ouer hyll and dale
He was full werye of his labourynge
At the lafte he came in to a greate vale
And founde fame hermyte ftandinge
He fpake with the hermyte, and fhewed of hys lyuynge,
And tolde that he was fente fro the pope of Rome
But when that holy man hearde hys confeffion
He fayed brother ye be right wellcome.

                                        And

And for youre fynnes euer youe mufte be forye
For as yet I will not affoylle youe
In a lyttell chappell all nyght fhall youe lye
Do ye as I do youe councell nowe
Afke god mercye, and let youre hearte bowe
For all thys nyght I'wyll wake and praye
Vnto oure lorde, that I maye knowe
Yf in faluacion ye do ftande in the waye.

So they departed, the Hermyte fell on flepe
An aungell fodenlye to hym dyd appeare
And faide to Goddes commaundement take good kepe
And of Robertes pennaunce thou fhalt heare,
He mufte counterfeyt a fole in all manere
The meate that he fhall eate, he mufte pull yt from
And neuer to fpeake; but as he dombe weare [a dogge
Thys pennaunce done, he fhalbe forgeuen of god.

The hermyte with that fhortlye dyd awake
And called Robert, and fpaeke to hym   [take
And faide heare nowe the pennaunce that ye fhall
God commaundeth the to counterfet a foole in all
          thinge
Meate none to eate, withoute a dogge do yt brynge
To the in hys mouth, then mufte thou yt eate
No worde to fpeake, but as bdombe euer beynge
With dogges euery nyght alfo thou muft fleepe.

The hermyte faid, tyll thy fynnes be forgeue
Thou muft do as I haue here fayde
With thys fharpe pennaunce thou muft lyue
Tyll god of hys debtes by the be payde
Forget not thys, in thy hearte let it be layde
At the laft god wyll fende the worde agayne
Robert wepte as thoughe he fhoulde haue dyed
And fayde thys pennaunce wiłl I do full fayne.

The hermyte bade hym remember althynge
And whan thy fynnes be cleane forgeuen the
By an Aungell god wyll fende the warnynge
Nowe maye thou no longer byde with me
Robert bleffed the hermyte then trewlye
So eche toke theyr leaue of other
Nowe god for euer be wyth the
He fayd to Robert, nowe farewell brother.

There poore Robert departed fro the hermyte
And bleffed hym and agayne went to Rome
For to do hys pennaunce in the ftrete
And whan that he thether was come
Lyke as he had ben a foole he dyd ronne
And lepte and daunced from one fyde to another
Many folke laughed at hym foone
And wende he had ben a foole, they knew none other.

                         Boyes

Boyes folowed hym throughe the ſtrete
Caſtynge ſtyckes and ſtones at hym
And ſome with roddes hys bodye dyd beate
The chyldren made greate ſhoutes and cryenge
Burges of the cyttie at Robert laye laughynge
Oute of theyr wyndowes to ſe hym playe
The boyes threwe dyrte and myre at hym
Thus contynewed Robert manye a daye.

Thus he played the foole on a ſeaſon
He came on a tyme to the Emperours Courte
And ſawe that the gate ſtode all open
Robert ranne into the hall and beganne to worke
So daunced and lept and aboute ſo ſtarte
At the laſte the Emperoure had pyttie on hym
Howe he taere hys clothes and gnew hys ſhyrte
And bade a ſeruaunte meate hym for to brynge.

Thys ſeruaunte brought Robert plentye of meate
So proferde hyt hym and ſaide go dyne
Robert ſate ſtyll he woulde not eate
Yet god wotte hys belly greate pyne
At laſt themperoure ſayde yonder ys a hounde of myne
And bade hys ſeruaunte throwe hym a bone
So he dyd, and whan Robert yt had ſpyne
Alack thought Robert, he ſhall not eate yt alone.

E 2   He

He lept from the table and with the dogge faught
And all for to haue the bone awaye
The hounde at the laſt by the fyngers hym caught
So ſtyll in hys mowthe he kepte hys praye,
Whan Robert ſawe that, downe he laye
The dogge gnewe the one ende and Robert the other
The Emperoure laughed whan he that ſawe
And ſayde the dogge and he fought harde together

The Emperoure ſawe that he was hongrye
And bade to throwe the dogge a hole loffe
Whan Robert ſawe that he was glad greatelye
For to loſe hys parte he was right lothe,
And agayne to the dogge he goeth
So brake the loffe a ſonder and to the hounde
He gaue the one halfe to ſaye the ſothe
And eate the other as the dogge dyd on the grounde

The Emperoure ſaide, ſyth that I was borne
Sawe I neuer a 'more foole naturall
Nor ſuche an ydeot ſawe I neuer beforne
That had leuer eate that that to the dogge dyd fall
Rather then that that was proffered hym in the hall
Than Robert toke hys ſtaffe and ſmote at forme and
    ſtile
What ſorowe was in hys hearte they knewe not all
There men were gladde to ſee hym playe the foole.

At

At the laſt Robert went into a garden ,
And there he founde a fayre fountayne
He was a thurſt and whan he had dronken
He wente in to hys dogge agayne
To folowe hym euer he was fayne
Thus vnder a ſtayre at nyght laye the hounde
And euèr hys pennaunce Robert dyd not dyſdayne
Allwaye hys bed was with the dogge on the grounde.

Whan the Emperoure eſpyed hym lye there
Fett hym a bed to a man dyd he ſaye
And lett yt be layed for hym vnder the ſtayre
So they dyd and Robert poynted as naye
And woulde haue them to beare the bed awaye
Then they fett hym an arme full of ſtrawe
And therupon by hys dogge he laye
All men marueyled that yt ſawe.

Muche myrth and ſporte he made euer amonge
And as the Emperoure was at dyner on a daye
A Jue ſate at the borde, that greate rowme longe
In that houſe beare, and was receyued all waye
Than Roberte hys dogge toke in hys armes in faye
And touched the Jue and he ouer hys ſholder loked
        backe
Robert ſet the dogges ars to hys mowth without naye
Full ſoore the Emperoure loughe whan he ſawe that.
                              Robert

Robert fawe a bryde that fhoulde be maryed
And foone he toke her by the hande
So into a foule donge myxen he her caryed
And in the myre he let her ftande
The Emperoure ftode and behelde hym longe
At the laft Robert toke a quycke Catte
And ranne into the kechyn amonge the thronge
And threwe her quycke into the beefe potte.

Lordes and barons loughe that they coulde not
To fee hym make myrth withoute harme   [ftande
They faide he was the meryeft in all that lande
With that a meffenger the Emperoure dydwarne
That aboute rome was many a Sarafyne
And faide the Senefchall hathe gathered a great armye
Becaufe ye wyll not let your daughter haue hym
He purpofeth all Rome for to dyftroye.

Thys Emperoure had a doughter that coulde not
The whiche the Senefchall loued as hys lyfe [fpeake
And ofte with the Emperoure he dyd treate
For to haue her vnto hys wyfe
And for that caufe the Senefchall made thys ftryfe
Becaufe the Emperoure in nowife woulde
Geue hym hys doughter, he fwere ofte fythe
Maugre hys head wynne her he fhoulde.

                                        The

The Emperoure heard of the Sarafyns that were
 Bor to dyftroye theyr chryftyan Countrey   [come
He made a crye in greate Rome
That younge and olde fhoulde make readye
As manye as were betwene fyftene and fyxtye
Lordes barons and knyghtes drewe out of euery coft
With an houge companye and a myghtye
They thought for to Fell the Sarafyns greate hofte,

So forth withall bothe thefe hoftes mette
Wyth weapons bright and ftedes ftronge
So with foore ftrokes together they fette
Theyr fpeares brafte in peces longe
Many a doughtye was flayne in that thronge
Greate horfes ftamped in yron wedes
Oure chryften men were put to the wronge
With woundes depen that full fore bledes.

Oure lorde on hys feruauntes had compaffion
And fent an Aungell with horfe and armure
Vnto Robert as he dranke in the garden
There the Aungell bade hym arme hym fure   [dure
And faide beftryde thys good ftede that longe will en-
And in all hafte go ryde and helpe the Emperoure
Alacke thought Robert nede hath no cure
Than rode he forth the fpace of an houre.

                                        He

He rode into the thyckeſt of the fyelde
And hue and ſlewe of the Saraſyns a greate numbre
No ſteele nor harburgyn that with hym helde
Hys dentes rouges as yt had ben thonder
He ſmote mennes bodyes cleane a ſonder
Hys ſworde made many a head to blede
That the Emperoure had greate wonder
What knyght yt was that he ſawe ſo doughtye in
[dede.

With the helpe of god and Robert that knyght
That daye the Saraſyns loſte the fyelde
And whan that ended was that fyght
Euery man houeted and behelde
Where that whyte knyght was that wepon dyd welde
But Robert wente into the garden
And layde downe bothe harnes and ſhylde
Yt vanyſhed a waye, he wyſt not where yt became

And all thys ſawe the Emperours doughter
That the Aungell brought Robert the whyte ſtede
And howe at the welles ſyde he dyd of all hys armure
Therof ſhe had greate maruayle in dede
At the laſt the Emperours men dyd of theyr wede
And came to dyner into theyr lordes hall
The Emperoure ſaid this daye Jeſu dyd vs ſpede
And the white knyght fayre muſt hym befall.

Than

Than Robert came in lyke a foole playinge
Into the hall, and leapte from place to place
The Emperoure was glad to fe Robert daunfynge
Than he fpyed a great race of bloude in Robertes face
But that he gate when he in the battayle was
The Emperoure wende that hys feruauntes had hurt
And faide, there ys fome rybaude in this place [hym fo
That hath hurte my Robert, that no harm can do.

The Emperoure afked whether that whyte knyght
Hys lordes aunfwered, we can not faye [was gone
At the laft hys doughter that was bothe deafe and
Euer fhe poynted to Robert allwaye ⸱ [dombe
Her father wondred at her in good faye
And afked her myftres, what hys doughter ment
She faid, fhe meaneth that Robert thys daye [dente.
Holpe youe to wynne the fyelde with hys doughty

Her myftres faid that Robertes greate bloudye race
Youre doughter meaneth he had it in the fyelde
At her wordes the Emperoure afshamed was
And waxed angrye and that hys doughter behelde
He faide thys folyfh mayde thynketh he fought in the
He bade her meftres teache her more better [fielde
Far and fhe will not wyfer be in her elde
A foole fhall fhe dye, there maye no man let her.

F   Than

Than the feconde tyme the Sarafins came to Rome
And with the Emperoure fought afore fyelde
The Auugell agayne to Robert dyd come
And then he rode forth hys weapon to welde
He perifhed breftplates and many afhylde
He ftrooke of bothe legge and arme
The Emperoure that knyght agayne behelde
To watche for hym hys men he dyd warne.

But he was gone they wyft not whether
So on the morowe an other fyelde was pyght
The Emperoure charged euery man to do his endeuer
For to haue knowen that whyte knyght
So on the morowe that they fhoulde fyght
Syxe knyghtes laye in a woode preuelye and ftyll
They fayde we wyll of that noble man haue a fight
And to our lorde brynge hym we wyll.

On the morowe the funne fhone bright
Bothe partyes there was affembled
All the fyelde gaue a greate lyght
Of the gleyues that glyftred, the ftedes trembled
A wonder to heare the brydles that gyngled
With arbelaters they fhot many a quarell
All the grounde of the noyfe rombled   [well.
Throughe the helpe of Robert the Chryften men fped
                                          That

That daye Robert proued hym doughtye of hande
Manye fro theyr horſes downe he dyd ſhlynge
None was able hys dente for to with ſtande
There men myght heare greate rappes rynge
The noyſe of gunnes made ſuch a bellowynge
All the fyelde ſowned as yt had ben thonder
Of bloude greate gutters they myght ſe runnynge
And many a knyghtes head clefte a ſonder.

All Saraſyns fled, the chryſten won the fyelde
Robert rode awaye than full pryuelye
The knyghtes in the wodde hym behelde
And lowde vnto hym beganne to crye
Syr knyght ſpeake with vs for thy courteſye
Robert thought not agayne to turne
The other knyghtes rode after haſtelye   [runne,
And ſmote theyr horſes with ſpores and after dyd

Roberte ranne ouer dale and hyll
Hys ſtede was good that he had there
A bolde knyght folowed after hym ſtyll
And into the reſte he threwe hys ſpeare
So ſtrongelye to Robert he hyt beare
To haue ſlayne hys horſe, and ſmote hym in the thye
The ſpeare head braſt, and in hys legge bode there
Than was thys gentle knyght full ſoorye.

Backe agayne rode than thys knyght fo bolde
And fhewed the Emperoure that he was gone agayne
There of hys fpeare heade he hym tolde
To fee hym quod the Emperoure I woulde full fayne
Than throughe all hys lande he dyd proclayme
That he that woulde fhewe the greate wounde with
      the fpeare head
Shoulde haue hys doughter, and not her layne
Vnto hys wyfe her for to wedde.

When the Senefchall hearde the proclamacíon
He made hymfelf a greate wounde throughe the thye
So gate a fpeare and whyte armoure foone
And fo rode to the Emperoure with all hys meynye
And faid Syr Emperoure that valyaunt knyght am I
That faued youe thre tymes fro grame
The Emperoure faid to hym, thou art not lykelye
And bade hym holde hys peace for fhame

At laft the Senefchall fhewed hym hys wounde
And faid, beholde thys and the head of the fpeare
The Emperoure was abafhed in that ftounde
So there he gaue the Senefchall hys doughter
And on the morowe he fhoulde be maryed vnto her
So was the Emperoure by hym beguyled
He wende verelye that he had ben there
And fought in the fielde as a knyght doughted.

                      On

On the morowe thys greate weddynge ſhoulde be
That the Seneſchall ſhoulde haue hys doughter
And ſo brought her to churche, the ſeruyce begaɴ
There by myrakle thys lady ſpake to her father [ready
And ſaide thys traytoure he hath beguyled youe here
For Robert was he that helpe you in the fyelde
I ſawe an Aungell brynge hym bothe ſhylde and ſpeare
With theſe two wordes downe on her knees ſhe kneled.

And the Emperoure whan he ſawe hys daughter
For ioye he was nere oute of hys mynde   [ſpeake
And thanked god for that myracle greate
Than the Seneſchall with ſhame ſhranke behynde
So to the Pope the Emperoure dyd wynde
The mayde tolde the Pope what Robert had done
And brought them to the welle the ſpeare head to fynde
And betwene two ſtones ſhe eſpyed yt ſone.
                                                    [greate
    Than went to ſeke Robert bothe lordes and ladyes
At the laſte they founde hym lye vnder the ſtayre
Amonge the dogges and with them dydde eate
They deſyred hym to ſpeake with wordes fayre
But he made ſignes as he coulde not heare
With that came an hermyte & toke hym by the ſleue
Sent thether by god he was hys gooſtlye father
And bade hym ſpeake, ſayinge hys ſynnes were forgaue.
                                                    Yet

· Yet was he afearde to fpeake, and durft not.
The Emperoure prayed hym to fe hys thye
Robert woulde not heare, but whan he fawe the Pope
He ranne and played hys tauntes about lyghtlye
The pope bade hym fpeake for the loue of Marye
Robert hym fcorned and gaue hym hys bleffynge
He woulde not breake hys pennaunce, he had leuer dye
Then the hermyte bade hym fpeake, forgeuen is thy
                           [fynne.

  With that Robert fell downe on hys knee
And thanked Jefu that forgaue hym hys myflyuynge
The pope and the Emperoure were glad trewlye
But moft of all that ladye made reioyfynge
That was the Emperours doughter that yongelynge
Defyringe her father that fhe myght Robert wedde
For thy afkynge faid he, I gyue the my bleffynge
In all the hafte daughter yt fhalbe fpedde.

  Than Robert maryed the Emperours doughter
A feaft was holde of great folempnytie
Eche of them were full gladde of other
And at the laft when ended was thys ryaltye
He toke leaue of the Emperoure and to hys owne
He yede for the imp hys father was dead [countrey
Alfo a falfe knyght put hys mother in greate ieopardye
Whych Robert at the lafte hynge by the headde.
                           With

With hys mother he mette in the cyttye of Rome
The Duches was then glad and blythe
That Robert her fonne fo vertuous was come home
Whiche in hys youthe lyued fo myfcheuous a lyfe
Than all men loued hym, both mayde and wyfe .
Tyll it befell vpon a certayne daye
A meffenger came from the Emperoure full fwythe
And prayed hym to come to Rome in all the haft he
           maye

He tolde that the Senefchall had greate warre
With hys lorde the Emperoure in dede
Robert fent after men nye and farre
In all the hafte thether he gan fpede
But ere he came was done a myfcheuous dede
The Senefchall the Emperoure had flayne
For forowe Robertes hearte dyd blede
In fyelde he woulde haue fought full fayne.

The Senefchall hearde that Robert was come
And purpofed for to mete hym in the fyelde
He reared up many a black Sarafon
With wepon ftronge bothe fpeare and fhyelde
So ether partyes other behelde
And fought together a greate batteyll
There Robert with hys handes the Senefchall kylde
So to hys countrey returned without fayle,
           And

And whan he came agayne to Normandye
He dreade euer god and kepte hys lawe
So lyued he full deuoutelye
For all thynge woulde he do vnder awe
And punyfhe Rebelles both hange and drawe
Than was he called the feruaunte of god
No thefe woulde he faue that he myght knowe
For dreade of goddes righteoufnes the fharpe rodde.

One chylde by the Emperours doughter he had
That was a knyght with Kinge charles of Fraunce
In manfull dedes he hys lyfe ladde
Doughty he was bothe with fpeare and launce
Lo, thy Robert ended hys lyfe in pennaunce
And whan he dyed hys foule went to heauen hye
Nowe all men beare thefe in remembraunce
He that lyueth well here, no euyll death fhall dye.

Yonge and olde that delyteth to reade in ftorye
Yt fhall youe ftyrre to uertuous lyuynge
And caufe fome to haue theyr memorye
Of the paynes of hell, that ys euer durynge
By readynge bookes men knowe all thynge
That euer was done, and hereafter fhallbe
Idlenes to myfcheif many a one doth brynge
And fpecyally as we daylye may fee.

Take

Take youe enfample of thys ftory olde
Howe that he in youth dyd greate vengeaunce
In doynge myfcheife he was euer bolde
Tyll god fent to hym good remembrauñce
And after that he toke fuche repentaunce
That he was called the feruaunte of god by name
And fo contynewed without varyaunce
God geue vs grace that we may do the fame.

Here endeth the lyfe of
Robert the Deuyll.